I0684069

GRANDE ET SUBLIME

COMPLAINTE

DE

LA FAMILLE ROYALE,

RÉDIGÉE A RAMBOUILLET

D'APRÈS DES NOTES AUTHENTIQUES,

PAR

UN ÉLÈVE DE L'EX-MINISTRE GUERNON DE RANVILLE.

Prix : 5o centimes.

PARIS.

CHEZ TOUS LES MARCHANDS DE NOUVEAUTÉS.

1830

PROFESSION DE FOI.

J'ai fait une complainte ; je la mets au jour, parce qu'il ne me plaît pas de la garder dans mon cabinet, qui, par lui-même, n'est déjà pas trop vaste pour être encombré de manuscrits.

Me voilà donc lancé sur la scène des auteurs ; moi qui ne me croyais né que pour admirer les autres, je vais être forcé de m'admirer aussi, et j'espère en trouver quelques mille qui seront de mon avis, ou ce serait bien mal préjuger de nos classiques modernes ; car je suis classique, moi.

Classique ! ça n'est pas certain, je suis peut-être romantique ; ma foi, je me déclare pour les deux, tout le monde m'achètera.

Quelle gloire d'être imprimé ! et en vers encore ! Je n'ai jamais chéri la prose ; c'est pourquoi je ne veux pas faire cet avant-propos trop long. Je ne puis guère cependant le terminer sans prévenir mes lecteurs que la complainte qui suit est la meilleure de toutes celles qui ont été publiées sur le même sujet, par la raison bien simple qu'elle est la seule. J'espère donc que chacun sentira la nécessité d'en faire l'acquisition aussitôt sa mise en vente.

Suit la signature en blanc de l'auteur, qui juge à propos de ne se faire connaître qu'à la vingt-cinquième édition.

———

GRANDE ET SUBLIME

COMPLAINTE

DE

LA FAMILLE ROYALE.

---◦◦◦◦---

Sur l'Air nouvelle du Maréchal de Saxe.

1.

C'était l'an dix-huit-cent-trente ;
Notre sort semblait bien doux :
Le Moniteur, tout à coup,
Nous fait trembler d'épouvante,
En disant avec fierté :
Chacun perd sa liberté (1).

---

(1) Il n'est pas ici question de la liberté individuelle, cela serait
probablement venu plus tard ; il ne s'agit que de la presse.

2.

Le ministère, un peu bête,

Avait cru tout bêtement

Que l'on prendrait bonnement

Un semblable coup de tête.

Il dormait tranquillement

Peut-être bien en riant (2).

3.

Mais le peuple, que l'on heurte

Dans ses plus grands intérêts,

Se rassemble tout exprès

Pour comploter une émeute;

Et chacun, sans nul retard,

Court dessus le boulevard (3).

(2) Il en est d'aucuns qui m'ont dit qu'on ne riait pas en dormant; on fait pourtant quelquefois des rêves qui nous font plaisir.

(3) En voilà de l'historique! Il me semble que l'on ne peut guère me contester la justesse de cette strophe, et c'est là le plus beau mérite du faiseur de complaintes.

4.

On s'arme ᴜᴄ baïonnettes,

Et puis de ce que l'on peut;

En tous lieux le monde pleut

D'une ame très satisfaite,

Mais il n'a pas très beau jeu,

Puisque les Suisses font feu (4).

5.

Pourtant beaucoup plus d'un pense

Que Charles-dix le saura ,

Enfin qu'il retirera

Sa trop maudite ordonnance ;

Mais mille coups de canon

Viennent nous dire que non (5).

(4) Cette idée-là est si juste , que dans les premiers jours les citoyens n'avaient point de fusils et se faisaient tuer de même.

(5) Il est vrai que l'artillerie faisait un drôle de brouhaha qui donnait tant soit peu à réfléchir sur les conséquences du boulet.

6.

Le citoyen prend courage;
On crie: À bas les Bourbons!
Quand on voit que pour de bon
Ils provoquent le carnage,
Et la victoire à l'instant
Se place parmi nos rangs (6).

7.

Alors la grande nouvelle
Est vite portée au roi,
Qui dit à Saint-Cloud, ma foi :
J'ai bien pu l'échapper belle,
Et si je restais ici
J'éprouverais du souci (7).

(6) Je ne dirai pas l'avoir vue , puisque j'étais en train de méditer la fameuse brochure que mon lecteur tient dans sa main ; cependant j'en connais qui ont été plus heureux que moi.

(7) Ce ne sont peut-être pas là les propres paroles de son ex-Majesté ; mais on sait que la poésie se prête difficilement aux expressions prosaïques.

8.

Tout en faisant la grimace
On apprête son paquet,
Et l'on marche à Rambouillet
Dans des voitures à glace,
Qui nous serviront un jour
Pour hâter notre retour (8).

9.

Au milieu de ce voyage
Le roi dit à Polignac :
Vous m'avez mis dans le sac
D'une manière peu sage.
Et je suis un grand nigaud,
Pour ne pas dire un grand sot (9).

(8) Ceci est encore authentique. Mille de nos braves ont fait la route dans les voitures de la cour; et je ne suis pas fâché de faire remarquer, en passant, avec quel bonheur j'ai rappelé cette circonstance.

(9) Et puis que l'on vienne nous faire croire que les rois ne disent jamais la vérité !

10.

Le ministre, en homme habile,

Se tait sans répondre rien ,

Et prouve, par le moyen

De sa posture débile,

Qu'il approuve en ce moment .

L'avis du préopinant (10).

11.

On arrive par la ville,

Lieu du royal rendez-vous ;

Les courtisans , d'un ton doux,

Font semblant d'être tranquilles,

En disant encore au roi

De compter dessus leur foi (11).

(10) Un instant, lecteur, ne criez pas tant bravo! Je sais que cette chute en vaut la peine, mais elle n'est pas de moi ; je l'ai prise à la fin d'un discours prononcé dans l'ancienne chambre des députés.

(11) Je crois bien, ils le suivaient tous parce qu'il n'avait pas encore rendu les diamans de la couronne.

12.

En ce moment l'on s'assemble
Auprès de l'ex-potentat,
Pour destituer l'état
Qui nous unit tous ensemble ;
Mais le Ducque d'Orléans
Sera toujours lieutenant (12).

15.

Vous m'embêtez, leur dit Charles,
Je suis tombé, très tombé,.
Et si mon trône est flambé
Je ne veux plus qu'on m'en parle ;
Maintenant le fait est clair,
Il faut nous donner de l'air (15).

(12) J'allais écrire *duc*, lorsqu'un de mes amis est venu m'assurer qu'il fallait *ducque*, et m'en a donné la preuve en me montrant la fameuse chanson de M. Guernon de Ranville, *sous le ducque d'Aumont.*

(15) On sait que le roi n'est pas resté long-temps à Rambouillet ; il n'a pas voulu reprendre les canons que nous avions enlevés à ses soldats et que nous allions lui rendre.

14.

On exécute ses ordres ;

De Chartre on prend le chemin

En se donnant tous la main

Que chacun le bout veut mordre,

Mais on est silencieux

En jetant les yeux aux cieux (14).

15.

Puis de Berry la duchesse

Et sa nourrice sur lieu

Aux châteaux disent adieu

En filant, pleines d'adresse,

Avec leur petit enfant

Qui aura bientôt dix ans (15).

(14) C'est vrai qu'on n'entendait pas sortir un mot de la bouche de ceux qui ne disaient rien ; ils braillaient cependant assez fort quelques jours plus tôt : ce que c'est que le vent !

(15) Qu'on ne fasse pas attention au hiatus qui existe dans ce dernier vers ; on est souvent obligé de sacrifier les règles au bon sens.

16.

Tout le long de la grand' route
Charles-Dix versait des pleurs,
C'est qu'il avait des douleurs
Qu'il connaissait bien sans doute ;
Car on est très malheureux
Quand on perd un trône ou deux (16).

17.

Enfin parmi l'aventure
Il erre sans savoir où ;
Qu'il aille jusqu'au Pérou,
Ça m'est égal, je vous jure.
On n'aime pas les méchans
Dépourvus de sentimens (17).

(16) J'ai mis un trône ou deux, parce que le roi de France l'é-
tait aussi de Navarre, et que je suppose qu'il avait une cour dans
ce village-là.

(17) On m'a reproché d'avoir rendu ce passage de ma complainte un peu trop sentimental : mais je soutiens qu'on ne peut
pas toujours maîtriser les élans d'un cœur profondément ému.

18.

De tous les côtés sa troupe
L'abandonne assez souvent,
Et sur les ailes du vent
Reviennent chez nous en groupe,
Afin de se rallier
A nos fidèles guerriers (18).

19.

Et nous que le bonheur charme,
Nous reprenons nos travaux,
Remettant dans le fourreau
Nos fusils ou toute autre arme,
En attendant le moment
De s'en servir promptement (19).

(18) En groupe ! comme c'est bien dire qu'il y en avait plusieurs ou beaucoup !

(19) Promptement est le mot ; car moi qui viens de finir d'enlever la rouille de mon chasse-pierrot, il est à présumer que je serais prêt à une seconde attaque.

20.

Vive le grand Lafayette

Et la constitution !

Que toujours l'opinion

Dans nos cœurs soit satisfaite.

Il faut cela pour jouir

Du véritable plaisir (20).

(20) J'aurais bien fini par une note assez passablement longue , mais on m'a dit qu'il valait mieux laisser le lecteur sur la bonne bouche en terminant par une strophe : c'est comme lorsque le vaudeville final d'une pièce est chanté; chacun s'en retourne en fredonnant l'air , pour peu qu'il soit aussi gai que celui de ma fameuse complainte.

LA LANTERNE MAGIQUE MINISTÉRIELLE,
pièce curieuse en six tableaux, par Charles
LEPAGE ; brochure in-8°. Prix : un franc. Chez
Breauté, libraire, passage Choiseul, n. 62.

IMPRIMERIE DE AUGUSTE MIR, RUE JOQUELET, N° 9,
Place de la Bourse.

www.ingramcontent.com/pod-product-compliance
Lightning Source LLC
Chambersburg PA
CBHW061445170626
46811CB00005B/2368